D1497340

Esta obra está protegida
por los Derechos de Autor.
No la reproduzcas sin permiso.
Acude a info@cempro.org.mx

CeMPro

Centro Mexicano de Protección y Fomento
a los Derechos de Autor.
Sociedad de Gestión Colectiva

Teléfono: 1946-0620
Fax: 1946-0655
e-mail: marte.topete@editorialprogreso.com.mx
e-mail: servicioalcliente@editorialprogreso.com.mx

Dirección editorial: David Morrison
Coordinación editorial: Marte Antonio Topete y Delgadillo
Edición: Natalia Méndez
Adaptación: Thais Herrera
Coordinación de diseño: Natalia Fernández & Luis Eduardo Valdespino Martínez
Diagramación: Tania Tamayo
Ilustración de portada e interiores: Natalia Colombo

Derechos reservados:
© 2010 Graciela Pérez Aguilar
© 2010 Edelvives, Argentina
© 2015 Edelvives, México / Editorial Progreso, S. A. de C. V.
       GRUPO EDELVIVES

Pequeño Dragón aprende a echar fuego
Colección peque LETRA

Miembro de la Cámara Nacional de la Industria Editorial Mexicana
Registro No. 232

ISBN: 978-607-746-014-5

Impreso en México
Printed in Mexico

1ª edición: 2015

Se terminó la impresión de esta obra en septiembre de 2015 en los talleres de
Editorial Progreso, S. A. de C. V., Naranjo No. 248, Col. Santa María la Ribera,
Delegación Cuauhtémoc, C. P. 06400, México, D. F

peque LETRA

Pequeño Dragón aprende a echar fuego

Graciela Pérez Aguilar | Natalia Colombo

EDELVIVES

Pequeño Dragón estaba jugando
en la puerta de su casa de la montaña.

De repente, le dijo a la mamá dragona:

—Ma, todos los dragones echan fuego
por la nariz menos yo. ¿Cuándo voy a poder?

—No te preocupes, dragoncito, es algo que se aprende
cuando llega el momento —contestó
la mamá. Y agregó—: Algunos dragones echan
fuego por primera vez cuando están muy enojados.
Otros, cuando están muy asustados. Pero no todos
somos iguales. Ten un poquito de paciencia.

Pero Pequeño Dragón no era muy paciente y se puso a soplar fuerte por la nariz hasta que le quedó llena de esas cosas pegajosas de cinco letras que empiezan con "m" y terminan con "os"... Sí, llena de mocos.

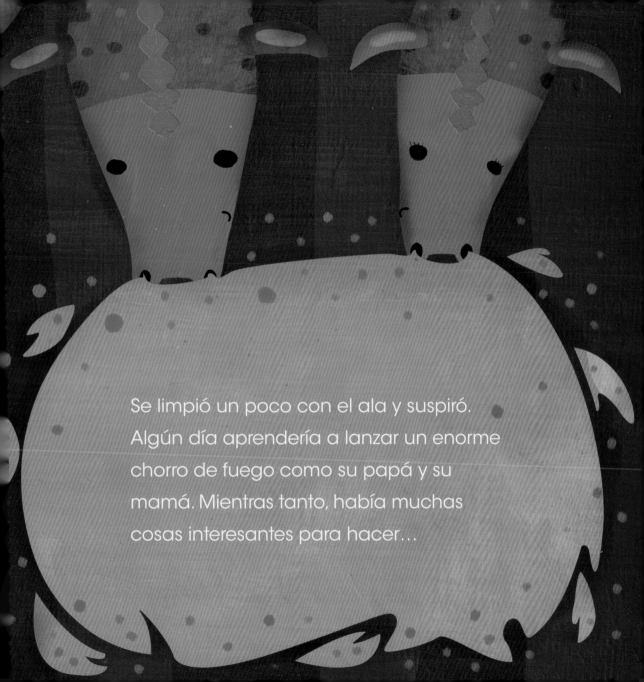

Se limpió un poco con el ala y suspiró.
Algún día aprendería a lanzar un enorme
chorro de fuego como su papá y su
mamá. Mientras tanto, había muchas
cosas interesantes para hacer…

Primero, jugó al "coletazo". Se jugaba poniendo una piedrita sobre otra más grande y luego se le pegaba con la cola para que volara muy lejos.

Cuando se cansó, jugó al "aletazo",
que era igual pero con las alas.

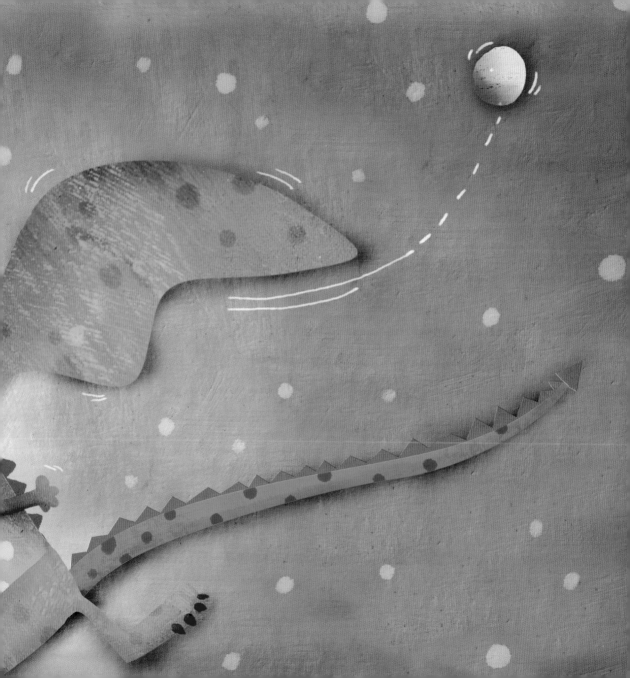

Después, jugó a inventar una batalla entre los dragones verdes y los dragones rojos. Él era el jefe de los dragones verdes. Los dragones rojos eran malísimos y atacaban la cueva de la montaña. Pequeño Dragón y los suyos estaban rodeados.

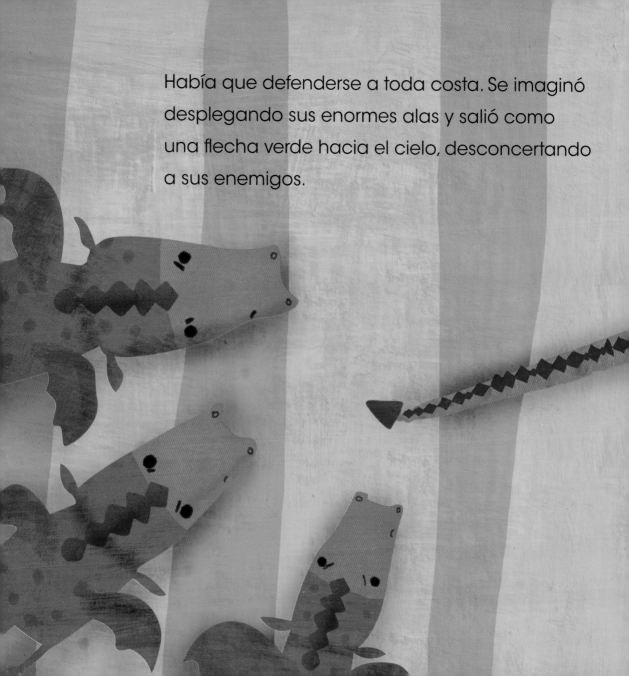

Había que defenderse a toda costa. Se imaginó desplegando sus enormes alas y salió como una flecha verde hacia el cielo, desconcertando a sus enemigos.

¡Paf! De un coletazo derribó al primero.

¡Blum! De un aletazo volteó al segundo.

¡Zaz! De un cabezazo descalabró al tercero.

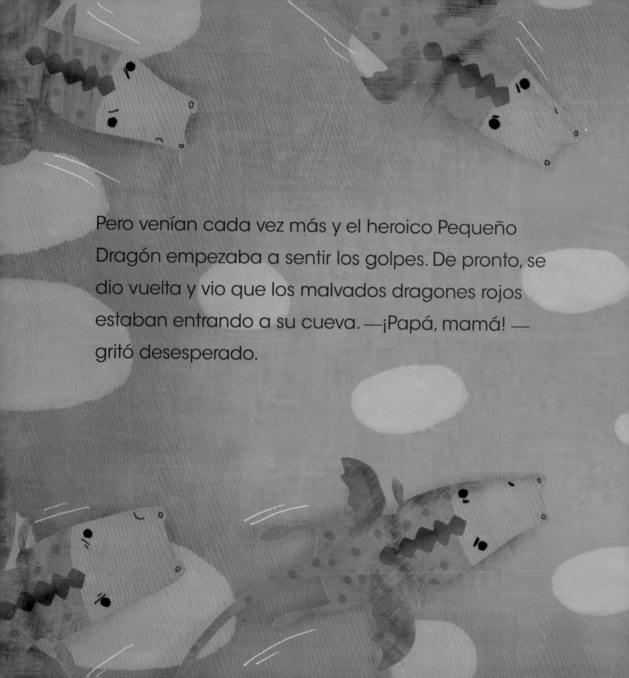

Pero venían cada vez más y el heroico Pequeño Dragón empezaba a sentir los golpes. De pronto, se dio vuelta y vio que los malvados dragones rojos estaban entrando a su cueva. —¡Papá, mamá! — gritó desesperado.

De pronto, vio todo rojo y… ¡fiuuuuu!, le salió de la nariz un chorro de fuego. Primero fue un chorro finito y después se convirtió en una llamarada. ¡Auch! Pequeño Dragón se cayó de espaldas al suelo, sorprendido y con la nariz todavía humeante. ¡Era así!

Emocionado, volvió a la cueva y le contó a la mamá
dragona lo que le había pasado. Ella lo abrazó y le dijo:
—Algunos dragones empiezan a echar fuego cuando
están muy enojados o asustados. Pero algunos,
muy pocos, pueden hacerlo usando solamente la
imaginación.